ces tu n'en au - ras pas. J'en ai de bonnes que j'ai at - tra -
maces dans ma li - ma - ciè - re. J'ai de bonnes li - maces tu n'en au - ras pas.

Pour Silvine et Santiago A.M

18, rue de l'Ouvrage
B-5000 Namur

ISBN 978-2-87142-728-5
D/2011/3712/13

Imprimé en Belgique

Luc Foccroulle

Annick Masson

Chœur de grenouilles

Mijade

Pas facile d'être une grenouille…
Les autres animaux sont tellement beaux!
Le renard et sa belle fourrure…
La majestueuse parure blanche du cygne…
Le chatoiement des ailes du papillon…

Mais les grenouilles… c’est plutôt mou et gluant! Beeerk!

Ce qu’on aime chez les grenouilles…
c’est leur chant.

Et chaque grenouille rêve du jour béni
où elle pourra enfin faire partie de la chorale.

Pour Berta le grand jour est arrivé.

Ses parents sont très fiers d'elle.
Son père annonce d'un ton solennel : « Ma chère Berta, tu es grande maintenant, il est temps que tu montres de quoi tu es capable ! »

«Oh la la! Bonjour la foule… j'suis pas la seule à passer l'audition.»

Berta se place dans la file, juste derrière sa copine.

«Bonjour Lucie, ça va?… Mais? Tu trembles comme une feuille!»
«Je suis morte de peur! Je me prépare depuis si longtemps.»

« Oh, tu as du talent !
Ne t'inquiète pas, tu vas les épater !
Moi par contre… »

« AU SUIVANT ! »

crie Amédée, le chef de chœur.

Les candidats défilent,
c'est un festival de postillons au bord de l'étang…

Quand vient le tour de la petite Lucie, Amédée s'exclame :
« Que fais-tu ici, toi ? Tu es bien trop petite pour notre chorale. »

« Mais… Mais… Laissez-moi juste vous chanter quelque ch… »
« TARATATA ! AU SUIVANT ! »

Berta s'avance.
«Ah, quelqu'un de taille!» s'écrie Amédée.
«Montre-nous de quoi tu es capable!»

Le chant de Berta est une vraie punition pour les oreilles.

« ASSEZ ! C'est HORRIBLE !
Quelle honte pour notre espèce ! AU SUIVANT ! »

Berta rejoint Lucie au bord de la mare… Elles sont si tristes toutes les deux.

«Eh bien voilà, c'est raté!
Toi t'es trop petite,
et moi je chante comme une casserole.»

«Hé, j'ai une idée!
Quand je suis triste, je me prépare de bons petits plats.
Je vais te mitonner de délicieuses soupes,
ça te fera grandir, et toi,
tu m'apprendras à chanter, d'accord?»

Lucie se laisse convaincre :
elle s'empiffre de soupe à la limace,
de bouillon de mouches,
de potage au nénuphar…

Et petit à petit, elle retrouve du courage.

Berta, quant à elle, se donne à fond !

Malheureusement… SANS succès!
« Tu sais Berta, je crois que c'est foutu!
Tu chantes toujours aussi faux
et je suis toujours aussi petite. »

« Hmmmm, j'ai peut-être une autre idée…
Approche, et ouvre la bouche le plus fort que tu peux!»

Et HOP, la petite grenouille saute dans la bouche de Berta.

«QUE**F**-QUE **F**U FAIS ?»

«Chuuuut, tais-toi et écoute!»

Et Lucie chante avec cœur
la plus belle des mélodies.

Un jour… mon prince viendraaaa…

«**F**'ai com**F**ris **F**on idée! **F**'est **F**énial!»

«À nous deux, nous allons épater tout le monde!»

Le lendemain, Berta se présente à nouveau devant Amédée.
Tout le monde est sous le charme !

« C'est fantastique ! Merveilleux ! Tu as fait des progrès incroyables.
Bravo, Berta, tu mérites la place de soliste pour le mariage du prince ! »

Les répétitions se passent à merveille,
si ce n'est la place de Lucie
qui est vraiment humide et gluante.

Berta est bien sûr un peu gênée des compliments
que lui font ses parents.

Mais cela mis à part, les deux amies sont heureuses,
et personne n'a remarqué la supercherie !

C’est le jour du mariage du prince…
Chaque grenouille s’éclaircit la voix dans les coulisses.
Lucie s’étonne de ne pas voir son amie.
Elle la cherche partout, et la trouve enfin…

… dans les cuisines. Elle est entourée de tous les chefs, qui la félicitent pour la délicieuse terrine de mouches à la limace qu’elle a préparée.

«Mais… qu'est-ce que tu fais?
Tu n'es pas prête?
Tu as l'air de mauvaise humeur.»

«J'EN AI MARRE!

Tout le monde admire TA belle voix!
Quand tu seras grande,
tu pourras te passer de moi.
Qu'est-ce que je vais devenir, alors?»

«On était pourtant d'accord toutes les deux?»
«NON, c'était TON idée!!! Moi tout ce que je veux, c'est être CUISINIÈRE!»
Lucie n'en revient pas, elle n'avait pas pensé à ça.

«Tu as raison!
On va leur dire qu'on mérite mieux qu'une demi-place à ce mariage!»

«Ce ne sera pas nécessaire!... J'ai tout entendu!» intervient Amédée.
«Je me doutais de quelque chose et il est temps de régler cette histoire!»

«Lucie, malgré ta petite taille,
tu nous as prouvé que tu as ta place dans notre chorale.»

«Quant à toi, Berta,
tu as un vrai talent pour la cuisine,
on en aura bien besoin aujourd'hui!»

Pour un beau mariage, ce fut un beau mariage.

«Voilà ! dit Lucie, tout finit bien.
C'est un peu grâce à moi ! »
« Tu rigoles ou quoi ? C'est MOI qui ai osé ! »
« Ben non, c'est moi ! »
« Non ! C'est moi ! »
« C'est moi… »
« Non moi !… »

J'ai de bonnes limaces...